HARANGUE

SUR

LA TYRANNIE.

HARANGUE

SUR

LA TYRANNIE,

PAR M^r. A. C. DE C*****

Iniqua nunquam regna perpetuo manent.
SENÈQUE.

A PARIS,

CHEZ

POTEY, Libraire, rue du Bac, n°. 46.

LE NORMANT, Imprimeur-Libraire, rue de Seine, n°. 8.

DELAUNAY, Libraire, Palais-Royal, galeries de Bois, n°. 243.

NEPVEU, Libraire, passage du Panorama.

1814.

A

M. DE CHATEAUBRIANT.

MONSIEUR,

*Vous avez bien voulu agréer l'hommage de
cette Harangue sur la Tyrannie.*

*Le prix d'une aussi grande faveur se sent beau-
coup mieux qu'il ne peut être exprimé.*

*Qu'il me serait doux de vous offrir le tribut de
l'admiration qui vous est due, et de me rendre ici
l'interprète de tous ceux qui savent professer pour
les grands hommes toute la reconnaissance qu'ils*

inspirent! mais je sais trop combien je resterais au-dessous d'un pareil sujet, et mon insuffisance me fait un devoir de ne point me hasarder dans une carrière dont je ne sortirais jamais avec avantage. Je ne crains pas d'avouer cependant que, s'il suffisait de sentir pour avoir le droit de parler, personne plus que moi n'aurait celui de vous rendre hommage ; mais je sais me rendre justice, et mon silence est peut-être plus éloquent que tous les éloges, auxquels se refuseraient d'ailleurs votre caractère et vos principes.

Mes premiers pas dans la carrière de l'éloquence sont d'un bien favorable augure pour l'avenir, puisque je leur dois le bonheur dont je m'énorgueillis aujourd'hui. Gilbert fut moins heureux que moi, quoiqu'il eût cependant bien plus le droit de l'être.

J'ai trouvé dans vos conseils d'honorables encouragemens ; et si je me décide à publier cette Harangue sur la Tyrannie, c'est principalement pour trouver l'occasion de vous offrir un hommage public de ma reconnaissance, et du respect, avec lequel je suis, etc.

A. C. DE C*****

PRÉFACE.

LONG-TEMPS battu par les orages, le vaisseau de l'État vient enfin d'arriver au port. L'héritier de nos Rois nous est rendu, et son amour pour son peuple nous assure le bonheur et la paix. Quel est celui d'entre nous qui n'éprouve le besoin de manifester son enthousiasme et sa joie?

Mon but, en publiant cette Harangue sur la Tyrannie, est d'élever un monument durable à notre haine pour les tyrans. Le suffrage des gens de bien est la seule récompense que j'envie.

S'il était quelques esprits assez aveugles pour m'accuser d'avoir donné de trop fortes couleurs au tableau que j'ai tracé, je plaindrais leur aveuglement, et je leur dirais : « Lisez les harangues des orateurs de » Rome et d'Athènes, et apprenez à porter » aux tyrans tout le mépris, toute la haine » qui leur sont dus. »

Que de siècles se sont écoulés depuis le siècle où l'éloquence romaine tonnait contre les Catilina, contre les Verrès, et contre tant d'autres oppresseurs du peuple! Et cependant, nous qui paraissons après tant de siècles, nous partageons toute l'indignation dont l'orateur était pénétré; et cependant nous sommes étrangers aux circonstances qui ajoutaient tant d'éclat à ces grandes solennités : c'est que la haine des peuples pour les despotes, est de tous les temps et de tous les âges.

Harangue sur la Tyrannie, le titre est ambitieux, je l'avoue. Le lecteur jugera si l'auteur n'a pas trop présumé de lui. Peut-être a-t-il plus consulté la pureté de ses intentions que le sentiment de ses propres forces. L'indulgence du lecteur doit alors excuser la faiblesse de l'ouvrage, en faveur des nobles sentimens qui l'ont dicté.

Quant à moi, si ce début, dans la carrière de l'éloquence, ne me donne point quelques titres à la célébrité, je m'honorerai toujours de ne point avoir trempé dans la bassesse de tant de lâches adulateurs d'un despote, et sur-tout d'offrir à l'héritier de mes Rois, un hommage que n'a jamais souillé l'encens de la servitude.

HARANGUE
SUR LA TYRANNIE.

Cet homme qui naguères était entouré d'adulateurs, d'esclaves, de tout l'éclat d'un trône devenu plus redoutable par tant de conquêtes, cet homme n'est plus rien aujourd'hui. Du faste des grandeurs, il est descendu tout-à-coup dans l'obscurité. Plût aux Dieux qu'il eût imité l'exemple du dictateur Cincinnatus, et qu'il eût épargné au monde l'affreux spectacle de son ambition et de ses crimes !

Mais il n'est plus..... A quoi serviront désormais tous ces libelles ridiculement barbares de cette foule d'écrivains subalternes, de cette engeance famélique qui vend aujourd'hui le mépris et la haine, comme elle a vendu jadis le respect et l'amour ? Leurs misérables déclamations nous apprendront-elles à trouver plus affreux le joug dont nous venons d'être délivrés, à mettre plus de prix au bonheur qui vient nous rendre ses charmes, à l'espérance qui vient tarir la source de nos douleurs et de nos maux? Non. La haine de la tyrannie est trop bien établie dans des cœurs français, pour que des protestations mercenaires y puissent rien ajouter. Qu'on cesse donc de nous fatiguer par tant d'imprécations et d'injures. Il n'est plus..... et dès ce moment, ce n'est plus l'homme, ce sont ses actions qui doivent exciter notre haine. Mais ces actions sont si étroitement liées à la destruction des peuples, que les peuples doivent en conserver le souvenir et le perpétuer d'âge en âge (a).

L'histoire, l'éloquence et la poésie ont seules le droit de signaler les crimes des tyrans à l'animadversion publique. Déjà des historiens, des orateurs, des poètes, ont parlé le langage de la vérité, et les peuples, surpris d'un langage qu'on ne connaissait plus, ont applaudi aux nobles efforts de ceux qui l'ont fait entendre. C'est dans le cœur même des tyrans, que le peuple opprimé trouve la source de sa haine

---

(a) La raison en est, que si c'est un devoir, ainsi que l'observe Tacite (Vie d'Agricola), d'éterniser la mémoire des grands hommes, pour qu'ils puissent servir d'exemple à tous les siècles, c'en est également un de noter d'infamie les grands coupables, afin d'inspirer de l'horreur pour leurs crimes.

et de sa vengeance. L'histoire écrit leurs forfaits, et c'est la postérité qui les juge.

Ce qu'il y a de remarquable, c'est que l'on
rencontre aujourd'hui un grand nombre de
personnes qui veulent que l'on ne parle plus
du *grand homme*. Eh quoi! l'on prétendra
contenir la juste indignation de tant de familles
en deuil, de tant d'épouses désolées..... L'on
voudra que les chants du poëte ne transmettent
point dans l'avenir la mémoire de nos longues
calamités, l'on exigera que l'histoire garde le
silence sur les crimes dont nous avons été les
instrumens aveugles et les déplorables victimes,
que l'éloquence reste muette, et que spectateur impassible de nos maux et de nos douleurs, l'orateur ne puisse faire entendre contre
les tyrans, le langage des Cicéron et des Démos-
thène !....,. Quel aveuglement est le nôtre!.....
Ah! sans doute il est beau d'oublier, de pardonner
les injures, mais ici les injures sont des forfaits,
les forfaits des attentats à la liberté des peuples;
et l'on voudra que les peuples, foulés aux pieds
par le despotisme, conservent la moindre pitié
pour le despote?..... Un tel effort n'est-il pas
au-dessus d'eux?

Qu'on se garde donc bien de ceux qui pro-
clament l'indulgence pour le tyran qui se faisait

une joie cruelle d'appesantir sur notre faiblesse le sceptre de sa barbarie. Il n'y a que des âmes dignes de lui qui puissent le plaindre et l'excuser (a).

L'on a été jusqu'à dire que le peuple était fait pour les rois (b) ; quelle épouvantable doctrine ! Machiavel avait dit que toute considération doit plier sous la volonté des rois. Machiavel a trouvé parmi nous de nombreux et de zélés partisans. L'on a été plus loin que lui ; l'on a perfectionné ses principes , et de cette abominable perfection , le tyran a fait la règle de sa conduite. Art monstrueux et cruel , c'est toi qui bouleversâs la terre et qui fis gémir les peuples sous le joug odieux de la tyrannie ! Loin de nous ceux qui ont osé professer des

---

(a) Jamais la mémoire d'un tyran n'est universellement détestée. Néron avait bien trouvé le secret de gagner les bonnes graces du peuple, par des spectacles et des prodigalités ; il s'était rendu odieux aux gens de bien, mais il était cher à la lie du peuple. — *Voy.* Tacite, ann. 15.

(b) *C'est le trône qui est la constitution ; tout est dans le trône* , disait Buonaparte au corps législatif, dans la réponse qu'il fit le 1er. janvier 1814 , au rapport de la commission extraordinaire de ce corps , en date du 28 décembre 1813.

principes qui outragent la raison, la nature et l'humanité. Que leurs remords soient leurs premiers châtimens (a).

L'on s'étonne avec beaucoup de raison qu'il y ait encore des personnes qui conservent du respect et de l'admiration pour le despote. Quelle peut être la règle de leur conduite? Ah! sans doute, si l'ambition la plus effrénée, si la politique la plus machiavélique peuvent donner des droits au respect et à l'admiration, nul plus que Buonaparte ne mérita jamais mieux l'un et l'autre (1); mais peut-on conserver du respect et de l'admiration pour celui qui nous eût tous engloutis dans le gouffre de son ambition, si le ciel n'avait enfin arrêté le cours, hélas! trop rapide de ses conquêtes? Vienne et Berlin, Madrid et Moscou, n'ont-ils pas crié vengeance contre lui? De l'une à l'autre extrémité de la terre, son nom, son nom seul n'a-t-il pas répandu l'horreur, la consternation et l'effroi? Et parmi nous, ce

---

(a) L'homme coupable de quelque crime, dit Lucrèce, est persécuté, dès cette vie, par la crainte d'un châtiment proportionné à la grandeur de son forfait, et cette crainte en est la première expiation.

...... *Metus in vita pœnarum pro male*
Est insignibus insignis scelerum que luela.

grand homme n'a-t-il pas introduit tous les genres de destruction, de péculat et de brigandages ? N'a-t-il pas foulé aux pieds tout ce qu'il y a de plus sacré parmi les hommes, l'honneur et les lois? N'a-t-il pas fait de la religion la plus infâme comédie ! Mais qu'est-il besoin de rassembler ici ses titres à notre haine ? Admirateurs insensés du faux éclat dont il eut soin de s'environner, rendez à votre idole le culte que vous lui devez, mais n'oubliez jamais que le seul sacrifice qui puisse lui être agréable est celui de l'humanité.

Qu'on ne me parle point de ses grands projets. N'est-il pas démontré aujourd'hui qu'ils ne tendaient à rien moins qu'à l'anéantissement du commerce et à l'esclavage des nations ? Mais je veux supposer qu'ils fussent sortis du désir du bien, justifiera-t-on les massacres dont ils ont été la source, les guerres injustes qu'ils ont fait naître ? A Dieu ne plaise qu'il se trouve parmi nous un seul homme qui puisse légitimer tant de forfaits.

Quelques-uns de ceux qui ne rougissent pas de plaindre Buonaparte, disent que nul avant lui n'avait porté plus haut l'honneur du nom français ; qu'à ce titre, il a des droits immortels à l'admiration..... Je m'étonne qu'on n'ait pas dit encore à l'amour de la France. Je me rangerai volontiers de ce parti lorsqu'on m'aura démontré quelle est la gloire que l'ou peut trouver dans la destruction des peuples. Mais je veux bien convenir qu'il a jetté quelque éclat sur la valeur française, cela ne prouve rien autre chose que ceux qui ont vaincu sous ses drapeaux, sont les descendans de ces braves français qui, depuis Pharamond jusqu'à Louis XIV, ont soutenu l'antique honneur de la France, de ces soldats intrépides qui, sous Charles-Martel, Charlemagne et Henri-le-Grand, sous Duguesclin, Turenne, Bayard et le grand Condé (a), ont fait retentir la terre du bruit de leur courage et de leurs exploits.

Je veux bien supposer encore que l'ambition du despote n'ait point dirigé ses conquêtes : osera-t-on placer dans le même tableau l'honneur du nom français et toutes les horreurs qu'a produites l'abus de la puissance souveraine? L'honneur du nom français..... où est-il? est-ce chez les nations que l'on a combattues sans nécessité, sans motif? est-ce dans la violation des traités les plus saints? Non sans doute. Il

____

(a) On aime à retrouver toute la valeur de ces grands capitaines, dans le jeune prince qui saura prouver qu'il est digne de marcher à la tête de nos guerriers.

ne peut donc être que parmi nous ; oui, c'est parmi nous que j'aime à le retrouver, c'est dans ce noble courage qui secoue le joug de la plus odieuse tyrannie, c'est dans cette expression des sentimens d'amour et de fidélité qui se manifestent dans toutes les parties du royaume, pour le monarque chéri qui nous est rendu par les Dieux ; c'est dans l'enthousiasme qu'inspire la présence d'un auguste descendant de nos rois ; c'est dans cet accord de pensées et d'opinions qui trouve dans la gratitude du prince la plus belle des récompenses, et qui, se développant à l'ombre salutaire de la monarchie, devient de jour en jour et plus imposant et plus beau. Quel est celui d'entre nous qui ne préfère ce triomphe de la paix et de la vertu, aux triomphes ensanglantés de nos armes ? Quels trophées, grands Dieux, que ceux qui sont conquis sur le sang ! O vous qui regardez d'un œil sec nos malheurs et nos pertes, vous qui vous laissez éblouir par le faux éclat d'un despote, allez dans nos champs dévastés, voyez ces tristes campagnes naguères confiées aux soins de la jeunesse ; aujourd'hui la jeunesse a disparu, et les travaux les plus pénibles sont le partage du sexe le plus faible. Qui sait si la mère infortunée n'a point arrosé

de ses larmes, trempé de ses sueurs la terre
qui couvre les restes de ses fils, moissonnés
au printemps de la vie..... (*a*). La vieillesse
réduite à descendre dans la tombe sans recevoir
les tendres adieux de ceux qu'elle laisse après
elle, les appelle en vain à ses derniers momens,
ses cris ne sont point entendus, elle expire
sans consolation, sans famille...... et l'on
voudra que pour prix de tant de calamités,
je prostitue mon encens et mes vœux aux
pieds du *grand homme* qui les a causées!.....
Je n'ai point assez de courage pour me vouer
à l'infamie (2).

L'on peut regarder comme certain que ceux
qui persistent dans leur aveugle admiration
pour le despote, sont ou ceux qu'il avait
comblés de faveurs et de dignités, ou ceux
qui possédaient toutes les *qualités*, toutes les
vertus capables de mener à la fortune sous le
règne de la tyrannie, ou enfin ceux qui n'ont
pas assez de raison pour découvrir l'homme
à travers le masque qui le cache. Je ne parle

(*a*) Ce n'est point là une de ces exclamations ora-
toires, qui n'ont pour elles que la noblesse et les or-
nemens du langage. Combien de soldats sont venus,
dans nos derniers désastres, mourir en défendant les
lieux qui les avaient vus naître!

point de ces jeunes ambitieux qui n'ont d'autre opinion que celle qu'ils ont reçue dans des établissemens où le tambour était la règle, la religion et la loi. Je ne parle point non plus de ces êtres malheureux qui regardent avec sang-froid les maux de leur patrie, et qui ne versent pas une larme sur le tombeau d'un père, d'un fils, d'un frère ou d'un ami. Ah ! sans doute, ceux-là ont le droit d'élever jusqu'aux cieux le *grand homme* qui pensait comme eux. Oh ! qu'ils jouissent en paix de ce droit qui leur appartient ; nous ne le leur envierons jamais, mais nous gémirons sur eux.

L'on voit encore des gens qui prétendent que l'on doit garder le silence sur Buonaparte, lorsqu'on n'a point à se plaindre personnellement de lui. Non, sans doute, je n'ai rien à lui reprocher, moi, citoyen ignoré dans l'état et perdu dans la foule ainsi que tant d'autres ; mais toute la terre n'a-t-elle pas le droit de crier vengeance contre lui ? Et vous, ombres sacrées de tant de citoyens qui avez trouvé la mort dans les combats, n'avez-vous pas le droit de plaindre le sort de tant d'infortunés que vous avez laissés après vous ?..... Quoi ! l'on voudra que parce qu'un homme n'aura point à gémir sur lui-même, il reste dans la plus profonde indifférence pour ses semblables. Raisonnement doublement barbare ! les calamités du peuple ne sont-elles donc point les calamités de tous ? et les fureurs de la tyrannie n'oppriment-elles point la nation toute entière ? Qu'on cesse donc d'opposer à notre haine pour les tyrans des raisonnemens qui ne peuvent être produits que par le délire de l'imagination, ou par une indifférence coupable pour les malheurs des peuples.

Quoi de plus beau, de plus noble que ces monumens immortels élevés par le prince de l'éloquence à la vengeance des familles opprimées par les concussions de Verrès ! Et si aujourd'hui même on partage l'indignation de l'orateur contre cet odieux dépositaire de la puissance romaine, de quelle haine ne doit-on pas être animé contre l'homme qui, de nos jours, ne nous a que trop prouvé qu'il était digne de succéder aux tyrans ?

J'ai vu des personnes justifier leur indifférence (a) pour les grands événemens dont nous

____

(a) Peut-être trouverait-on la cause de cette indifférence dans les effets de la tyrannie, qui produisent une terreur lâche et une inquiétude dans les particuliers qui tremblent pour eux-mêmes ; cette crainte et cette inquiétude, dit Gordon (Discours sur Tacite),

venons d'être témoins, par ce misérable adage :
les opinions sont libres. Que les opinions soient
libres, lorsqu'il s'agit de querelles académiques,
de discussions littéraires, rien de mieux ; ce
n'est que du choc des opinions que peut naître
la vérité ; mais en politique comme en morale,
l'on ne peut sans crime avoir une opinion contraire à l'opinion de tous , et lorsque les crimes
des tyrans appellent la haine de tous, c'est se
rendre coupable que prétendre les excuser.

Dans le peuple, les tyrans ont toujours de
nombreux partisans. Ce n'est pas que le peuple
soit moins sensible que les autres classes de
la société aux malheurs de l'état ; mais les
formes populaires sous lesquelles les tyrans
cachent la noirceur de leur âme, leur con-
cilient ceux qui pardonnent tout au despotisme
pourvu que le despotisme affecte la popularité.
Aussi Buonaparte ne négligea-t-il aucun des
moyens qu'il savait propres à fasciner les yeux

---

sont la source d'une servitude générale, et de l'oubli
entier de tout l'amour qu'on doit au bien public et à sa
patrie.

Mais, par une conséquence nécessaire, la liberté
doit renaître lorsque la tyrannie expire, et toutes les
opinions doivent se réunir vers un même but : *le bon-*
heur de la patrie.

de la multitude. Tantôt, c'est un monarque paisible qui se promène au milieu de son peuple, et qui affecte la plus parfaite sécurité, tandis que tout son corps est chargé de fer. Tantôt, c'est le protecteur des arts qui élève des monumens fastueux, aux travaux desquels il emploie les pères, tandis qu'il massacre les enfans. Tantôt, c'est le politique profond qui nous cache les horreurs de la guerre sous les séduisantes espérances de la paix ; et lorsque le monde croit avoir enfin trouvé le repos, le conquérant a reparu dans les champs de la mort, et englouti dans les glaces du nord la plus belle et la plus redoutable des armées. Il n'est pas étonnant que le peuple se laisse éblouir par les conquêtes de Napoléon, lorsque ses pertes sont regardées comme les précurseurs de nouveaux succès (a).

(a) Le 29e. bulletin de la grande armée, publié à Paris le 17 décembre 1812, était terminé par ces mots : *La santé de S. M. n'a jamais été meilleure ;* ce qui voulait dire que l'on devait oublier la perte de trois cent mille braves, puisque SA MAJESTÉ se portait bien. Voilà de la politique!.....

Tel était, dans l'esprit de certains individus, le prestige attaché à la réputation de Buonaparte, qu'à Paris même, au plus fort des désastres de la grande

Si nous portons maintenant nos regards vers la Péninsule , nous verrons tous les principes de justice et d'honneur outragés ; nous gémirons sur le malheur d'un prince dépouillé du trône par la plus insigne mauvaise foi. Le peuple qui ne voit point les ressorts employés par le tyran pour l'accomplissement de ses vastes projets , suit aveuglément le penchant qui l'entraîne vers *l'homme du destin*. Mais lorsque le temps a soulevé le voile qui couvrit tant d'atrocités , les regards se fixent avec indignation sur l'usurpateur , et l'on s'étonne d'avoir pu croire un instant qu'il n'y avait point un crime caché sous les protestations de sa politique.

C'est à tort que l'on cherche à persuader que le peuple est incapable de se rendre à la voix de la raison , lorsque la raison lui fait entendre qu'on l'a trompé. Le peuple est moins inaccessible qu'on n'affecte de le penser (3) ,

------

armée, ils poussaient l'aveuglement jusqu'à dire : Attendez la campagne prochaine, et vous verrez que Napoléon ne peut être vaincu deux fois par les élémens. Cela ne rappelle-t-il pas la folie de ce Xerxès qui fit fouetter la mer, parce que la tempête avait rompu le pont qu'il avait jeté pour le passage de cette armée colossale, dont il ne resta pas même des débris.

à l'honneur, à la justice, à la vérité (4). Sans doute la régénération des empires ne peut être l'ouvrage d'un jour ; mais le temps achève ce que la raison a commencé, et le peuple rendu à l'honneur par la vertu, gémit sur ses erreurs passées, ainsi que sur l'admiration aveugle qu'il eut pour le plus barbare des despotes.

Il serait absurde de dire qu'une révolution peut se faire sans heurter bien des intérêts, bien des opinions. Une triste expérience ne nous a que trop appris le contraire (5). Espérons que nous ne reverrons plus ces jours de proscription qui ont couvert notre patrie de désolation et de deuil. Nous avons, comme les romains, passé par tous les gouvernemens ; le consulat a succédé à la république, et l'empire a remplacé le consulat. La monarchie nous est aujourd'hui rendue (6), et notre bonheur dépend de notre dévouement pour nos rois.

C'est commettre une grande injustice envers les soldats que de leur prêter des sentimens qu'ils n'ont point. Je conçois qu'une armée qui fut toujours victorieuse sous le conquérant qui la conduisait aux combats, ne puisse d'un jour à l'autre en perdre le souvenir. J'approuve même, sans toutefois le partager, l'enthousiasme de nos vieux guerriers pour un homme auquel se rattache la mémoire de leurs succès. Cet enthousiasme les honore, et je suis loin de vouloir leur en faire un crime. Mais je sais leur rendre assez de justice pour distinguer en eux les soldats de Napoléon et les défenseurs de la monarchie. Sous le conquérant, ils ont partagé la gloire de ses conquêtes ; sous le prince ami de la paix, ils sauront défendre le trône dont ils deviendront le plus ferme appui.

Dans cette longue succession des empereurs qui ont asservi le peuple romain, l'histoire nous offre souvent des époques où les factions déchiraient l'Etat qui demeurait ainsi sans gouvernement et sans maître. C'est ainsi que, dans un espace très-rapproché, la puissance souveraine passa tour-à-tour dans la main des tyrans. Le despote d'aujourd'hui n'existait plus le lendemain ; les partis se détruisaient et renaissaient tour-à-tour, et souvent l'Etat était gouverné par plusieurs chefs, qui se dévoraient entre eux sur les ruines de la nation (a); c'est

_____

(a) Bodin, dans son *Traité de la République*, cite une époque où il y eut à-la-fois trente empereurs romains élu sen divers lieux : « Tout l'Empire était, dit-il, » en guerre et combustion à qui l'emporterait. »

aussi ce que nous avons vu parmi nous. Je ne rappellerai point ici des souvenirs trop affligeans pour l'humanité ; c'est à l'histoire à les transmettre à nos descendans. Oublions, s'il se peut, et nos longs malheurs et les crimes dont nous avons été les instrumens et les témoins depuis l'époque où le meilleur, mais le plus faible des rois, porta sa tête sur un échafaud..... Rendons graces au ciel qui rend enfin à nos vœux le petit-fils de Louis XIV , et que notre amour pour l'héritier des princes français lui prouve que nous serons désormais dignes de lui.

Si nous parcourons les pages de l'histoire, nous ne trouverons pas un tyran qui n'ait été lui-même l'artisan de sa perte. Et la raison en est assez sensible. Les proscriptions odieuses dont il est en quelque sorte forcé de se rendre coupable pour se maintenir sur un trône usurpé, les crimes cachés de sa tyrannie , sa cruauté, ses fureurs creusent sous ses pas l'abîme qui doit bientôt l'engloutir (7) , et s'il arrive qu'il se soutienne quelque temps dans son despotisme (a) , sa chute n'en sera que plus terrible. Cette grande vérité vient d'être confirmée par l'heureuse révolution qui s'est opérée

---

(a) Toujours la tyrannie a d'heureuses prémices.
RACINE , *Britannicus.*

parmi nous, et la preuve que l'abus seul du pouvoir pouvait nous ramener nos rois, c'est que, ainsi que l'a déjà dit un grand politique, il fallait un homme comme le despote que nous avons perdu, pour nous faire sentir la nécessité, le besoin de rentrer sous la domination de nos monarques légitimes. La France était en effet si fatiguée des horreurs commises par ces républicains farouches qui proclamaient la liberté lorsqu'ils ne nous en montraient que le fantôme (8), que peut-être elle se fut soumise sans murmure et sans regret à celui qui lui aurait rendu le repos. Peut-être même en serait-on venu au point d'aimer un homme qui nous aurait fait oublier nos longues calamités, et qui se serait fait un devoir de ne régner que pour le bonheur du peuple (9). Mais il n'en pouvait être ainsi : aux assassins de leur maître remplacés tour-à-tour par de nouveaux cannibales, succède un homme qui porte dans son âme tous les crimes de ceux qu'il remplace. Oh! que ne se montra-t-il d'abord dans toute sa difformité! il n'eût point fasciné les yeux de la multitude toujours avide de nouveautés; il n'eût point séduit le peuple par ces apparences trompeuses de modération et de vertu, qui dérobaient aux yeux du vulgaire l'ambition et le crime. Oh! l'insensé que celui qui crut assurer sa puissance par le despotisme, et qui ne sut point profiter des avantages que sa fortune lui avait donnés! Il n'était point digne de régner sur le plus grand peuple du monde, celui qui, dans le 19e. siècle, osa prétendre à l'ambition de l'asservir.

Après avoir rempli Rome de proscriptions, l'*Heureux* Sylla (a) disait aux romains : « S'il en » est un seul parmi vous qui ait à se plaindre » de moi, qu'il paraisse; je suis prêt à lui » prouver que tout ce que j'ai fait n'a été que » pour la gloire et pour le bonheur du peuple » romain ». Et le peuple n'osait élever la voix contre le dictateur. Dites aujourd'hui au peuple que tous les projets de Buonaparte n'avaient pour but que le bonheur de la France!.....

C'était peu que cet ambitieux se fut revêtu du pouvoir suprême; il lui fallait encore des victimes. Quel est celui d'entre nous qui n'a versé des larmes sur la mort de ce jeune prince immolé à la cruauté d'un despote?...

(a) Après avoir défait Norbanus, près de Canuse, 83 ans avant J. C., et vaincu le jeune Marius au siége de Preneste, aujourd'hui Palestrine, Sylla entra dans Rome, et se fit ensuite donner le nom d'*Heureux*, et déclarer dictateur.

Et lorsque l'histoire nous a présenté les trames odieuses de cette infâme trahison, l'horreur et l'indignation ne se sont-elles point emparées de nous? N'ont-elles point appelé la vengeance contre les coupables?

Quel est encore celui d'entre nous qui n'a frémi au récit des scènes scandaleuses qui se sont passées entre le chef de la religion et l'homme qui prétendait la gouverner comme il se croyait en droit d'anéantir les peuples? N'est-on pas pénétré d'horreur et de mépris pour le vil rénégat (*a*) qui ose porter une main impie sur le successeur de Saint-Pierre (10)? De quoi n'est il pas capable celui qui peut se porter à de pareils excès? Aussi l'indignation qu'ils font naître est-elle portée à son comble; et il y a cela de remarquable, que

______

(*a*) Je ne puis résister au désir de placer ici cette belle strophe de l'ode de M. Ch. Nodier :

> Que demandent ces Sycophantes,
> Autour de nos autels rassemblés à ta voix?
> A nos enseignes triomphantes
> Qui t'a fait allier l'étendard de la croix?
> Étais-tu fatigué du poids des anathêmes?
> Tes prières sont des blasphêmes,
> Qui ne désarment point les Dieux.
> Héritier des tyrans, dont tu fus le sicaire,
> Catholique à Paris, et musulman au Caire,
> Qu'as-tu de commun avec eux ?

ceux-là même qui sont assez malheureux pour professer ouvertement l'athéisme, ne peuvent se défendre d'un sentiment de mépris contre le sectaire de tous les cultes ; tant il est vrai que l'intérêt même de la société commande le respect pour ceux, qu'une longue tradition a constitués les représentans de la divinité sur la terre (11).

Mais peut-on s'étonner des excès commis par Buonaparte, lorsqu'on sait qu'il en portait la source dans son cœur ? Le propre de l'ambition, a dit un philosophe de l'antiquité, c'est d'être insatiable : inconstante comme toutes les passions, elle commence où les autres finissent. Et parmi nous, l'orateur chrétien n'a-t-il point tracé avec autant de force que de vérité le portrait de l'ambitieux : « Le crime qui élève l'ambitieux, dit Mas- » sillon, est pour lui une vertu qui l'ennoblit. » Ami infidèle, l'amitié n'est plus rien pour » lui dès qu'elle intéresse sa fortune ; mauvais » citoyen, la vertu ne lui paraît estimable qu'au- » tant qu'elle lui est utile ; le mérite qui entre » en concurrence avec lui est un ennemi auquel » il ne pardonne point ; l'intérêt public cède » toujours à son intérêt propre ; il éloigne des » sujets capables et se substitue à leur place ;

» il sacrifie à ses jalousies le salut de l'Etat,
» et il verrait avec moins de regret les affaires
» publiques périr entre ses mains, que sauvées
» par les soins et les lumières d'un autre ». (11)
Ne dirait-on pas que l'orateur avait sous les
yeux l'homme qu'il est si facile de reconnaître
à ces traits?.....

Parmi les admirateurs de Buonaparte, on
en trouve qui, tout en avouant son ambition,
veulent qu'on rende justice à ses grandes qualités. Ils disent que jamais monarque n'accorda
aux sciences et aux arts plus d'encouragemens
et de protection (12); qu'il rachetait par les
qualités de son esprit les vices de son cœur.
En admettant même cette assertion, serait-il
permis de justifier les uns par les autres? Si
le conquérant encourage les arts, c'est par
ostentation, par calcul; s'il élève des monumens, c'est pour éblouir; et que nous impor-
tent, homme de sang, ces monumens élevés
à ton orgueil, lorsque ton despotisme nous
enlève nos fils et nos frères, et les conduit à
la mort sur un sol étranger? Crois-tu que
nous sommes assez aveugles pour ne point
apercevoir les motifs qui te dirigent? Et qu'a-
vions-nous besoin de cette vaine sollicitude pour
la prospérité intérieure de ton empire, lors-

que ton délire moissonnait successivement les générations et les âges?...... Ah ! sans doute tu te préparais un triomphe semblable à celui de cet empereur romain dont le nom ne peut se prononcer sans frémir, qui conservant le calme inquiet du crime au milieu de l'embrâsement de la capitale du monde, contemplait avec une joie cruelle la chute de ces monumens élevés par les siècles. Mais qu'est-il besoin de te prêter de nouveaux crimes ? Rends-nous compte de tout le sang que tu as versé, dis-nous de quel droit tu l'as répandu ? Est-ce le génie des arts qui t'a conduit, qui t'a vu souffler tes fureurs de l'une à l'autre extrémité de la terre ? Eh quoi ! tu gardes le silence aujourd'hui, toi qui jadis outrageais par tes paroles insensées les nations et les rois !..... Eh bien ! je répondrai pour toi, et je dirai que si le génie des arts fût le tien, c'est lui qui t'apprit à faire de la guerre un art de massacres et de destruction (14). La vie des hommes n'est rien à tes yeux, et que t'importe la perte d'une armée, pourvu que tu puisses en former une autre sur les ruines de celle qui n'est plus? Des généraux blanchis sous la victoire épargnoient le sang de leurs soldats, et ne les conduisaient aux combats qu'avec la

certitude du succès. Et toi, tu sacrifies dix,
vingt mille hommes pour enlever une position
que tu perdras le lendemain. Et ton cœur ne te
reprochera pas tes succès !..... Que dis-je, ton
cœur ;..... les tyrans sont-ils dignes d'en posséder
un (a) ?.....

Il me reste à répondre à ceux qui disent
que Buonaparte se fut rendu moins coupable,
si les lâches courtisans dont il s'était entouré
ne l'avaient point encouragé dans le crime par
leur servile condescendance pour ses volontés.
Cette objection perd toute sa force devant un
homme qui, au milieu de tous ses excès, sut
mépriser les flatteurs et ne les souffrit près
de lui que parce qu'ils se glissent dans toutes
les cours, et qu'il est reçu dans la politique
des empires qu'il ne peut y avoir de monarques
sans courtisans. Mais sous ce despote, la
flatterie et la bassesse avaient passé toutes les
bornes (15). Buonaparte disait *je veux*, et sa
volonté tenait lieu de tout. Dans ces deux
mots *je veux*, les courtisans avaient eu le talent
de trouver la volonté du prince ; celle du
peuple et la leur ; et le prince qui ne con-
sultait les corps de l'Etat que pour donner

(a) Ce n'est point aux tyrans à sentir la nature.
VOLTAIRE, *Mérope*.

à ses décrets une apparence d'équité, se trouvait par le fait au-dessus de la justice et des lois. Cette puissance sans bornes avait justement alarmé tous les hommes de bien ; et tous les hommes de bien gémissaient sur l'esclavage de la patrie. Une âme noble et généreuse osait-elle élever la voix contre le tyran, à l'instant elle était chargée de fers, et bientôt expiait dans les supplices le crime d'avoir voulu nous éclairer. Oh ! que de victimes furent immolées à leur dévouement pour le salut de la patrie (16) ! Et nous, nous qui leur survivons, ce n'est point par nos pleurs que leur souvenir doit être honoré. Nous devons à leur mémoire des monumens plus dignes d'eux et de nous. Ombres sacrées, la poussière de vos tombeaux va se ranimer. Venez au milieu de nous, jouissez de la présence du monarque qui nous est rendu. Hélas ! que ne pouvons-nous vous rappeler à la vie !..... Mais du moins notre reconnaissance et notre amour vous suivront jusques dans la tombe. Ils dureront aussi long-temps que le souvenir de vos vertus.

Qu'il y a loin de ces vertueux citoyens aux adulateurs d'un tyran !..... de ce langage de l'indépendance et de la vertu aux honteux accens de l'esclavage et de la bassesse !.....

J'excuserais plus volontiers un courtisan qui se trouve jeté près d'un prince par sa naissance ou par sa fortune, qu'un écrivain qui se prostitue volontairement à la louange du despotisme. Quoi de plus digne d'envie que cette noble indépendance de l'homme de lettres qui seul, au milieu des troubles politiques, conserve sa paix et sa liberté! mais aussi quoi de plus coupable que l'abus qu'il fait de ses talens! Combien ne nous a-t-il pas fallu supporter de misérables productions, où tout était déifié, jusqu'au crime! Du moins aujourd'hui une carrière plus honorable s'ouvre au génie, et nous n'avons plus à redouter ses écarts.

Qu'il me soit permis de rappeler ici la perte de ce poète éminemment célèbre, que les Muses pleurent encore, et que le monde savant admirera toujours. Ombre illustre, que nos regrets ajoutent à ta gloire. Quoi de plus honorable pour un grand homme, que les regrets de ses contemporains et de la postérité! Si je rappelle ici ton souvenir, ce n'est point pour rendre à ton génie un hommage que je suis indigne de t'offrir; c'est pour unir à la cause auguste de nos Rois le dévouement qui t'honore, parce qu'il ne se démentit jamais. Oh! pourquoi la rigueur du sort s'est-elle appesantie sur toi, au moment où tu allais trouver, dans le retour de ton Roi, la récompense de tes vertus.

Lorsque l'on réfléchit sur les vicissitudes de la terre, on ne peut s'empêcher de gémir sur les révolutions dont elle est le déplorable théâtre. Pourquoi faut-il qu'il y ait des conquérans qui sacrifient tout à leurs conquêtes (17), des tyrans qui se plaisent à multiplier les proscriptions et les crimes? Pourquoi faut-il que les états deviennent la proie des factions et des guerres civiles? Oh! si les peuples avaient pu prévoir tous les maux qu'ils se préparaient eux-mêmes, leur sang n'aurait pas rougi les champs et les cités!... Mais le peuple ne voit pas que, sous le vain prétexte de défendre sa liberté, il n'est que l'instrument de l'ambition de quelques factieux. Les guerres intestines ont-elles enfin cessé de faire couler le sang de la patrie; que la discorde souffle ses fureurs sur les nations, il faut encore du sang à son insatiabilité. Des armées innombrables se forment, et les champs de la mort vont les engloutir; et ce sont toujours les peuples qui portent tout le poids du délire de quelques potentats (a). Quelques amis de l'humanité ont dit

----

(a) *Quidquid* delirant *reges plectuntur achivi.*

Qu'on remarque bien que tout ce que je dis ici ne

qu'il était dans l'ordre de la nature qu'il y eût des révolutions et des guerres ; que si elles étaient la source de quelques calamités, elles avaient du moins l'avantage de purger la terre du *luxe de sa population* (a). N'a-t-on pas vu de nos jours quelques rares esprits, quelques soi-disans philantropes professer ces horribles principes ? Mais que ne marchez-vous à la tête des armées, vous qui placez la guerre parmi les choses naturelles ? De quel droit restez-vous tranquilles observateurs des ravages qu'elle produit ? Ah ! sans doute, votre bras craindrait de répandre le sang, lorsque votre cœur s'en rassasie !..... Je voudrais que lorsque les princes ne peuvent s'accorder, ils vidassent eux-mêmes leurs différens (18), ou s'en rapportassent au courage d'un petit nombre de leurs sujets, ou aux conseils des autres souverains. La victoire des

---

peut s'appliquer qu'à ces guerres monstrueuses et coupables, entreprises par le despotisme, le délire et la barbarie ; car il est des cas où, quelque modéré que soit un roi, il ne peut s'empêcher de prendre les armes.

(a) C'est dans cet esprit que Buonaparte disait dans le conseil d'état du 11 novembre 1813 : « On parle de » paix !... La paix ! la paix !... je n'entends que ce mot » de paix..., tandis que tout devrait retentir du cri de » guerre !...

Horaces soumit la ville d'Albe aux Romains ;
les traités de Munster et d'Osnabruck ont donné
la paix à l'Europe (19).

Si nous remontons maintenant à la source
des guerres qui ont désolé le monde, à peine
en trouverons-nous quelques-unes qui ne re-
posent sur des motifs injustes ou frivoles (20) :
tantôt, c'est pour la conquête d'une province ;
tantôt, c'est pour venger l'étiquette. Et qu'importe au peuple que la domination de son chef
s'étende au-delà de ses limites ? que lui importe
que ses représentans n'aient point eu le premier
pas dans le cérémonial des cours ?

C'est en vain que les conquérans cherchent à
couvrir du voile de la justice ou de la nécessité
les guerres qu'ils entreprennent pour étendre
leurs conquêtes. L'on sait assez à quoi s'en tenir
sur leurs insidieuses protestations, et nous
sommes aujourd'hui suffisamment instruits par
notre expérience. Nous savons que les conquérans n'écoutent que leur fol amour pour la gloire
(comme s'il y avait de la gloire à sacrifier les
peuples), et que tous les moyens leur sont in-
différens, pourvu qu'ils puissent faire parler
d'eux.

> Les grands crimes immortalisent,
> Ainsi que les grandes vertus.

On parlera toujours de Buonaparte et de Tamerlan; mais quelle affreuse célébrité (21)! C'est un pesant fardeau que celui de la haine des peuples, et l'immortalité doit être à ce prix le plus cruel des supplices.

Si le peuple craint les tyrans, les tyrans craignent le peuple (a); aussi est-ce pour cela que les tyrans se mettent au-dessus de tous les principes, et qu'ils foulent aux pieds l'honneur, la justice et la loi. Que de vérité dans ces vers d'un de nos poètes (b):

> ...... Tel est d'un tyran le naturel infâme;
> Sa douceur n'a jamais qu'un mouvement contraint;
> S'il ne craint, il opprime; et s'il n'opprime, il craint.

Rapprochons le despotisme d'un tyran, de la domination paisible d'un monarque bienfaisant et juste; les cruautés des Héliogabale, des Vitellius et des Néron, de la justice et de la bonté d'un Trajan, d'un Marc-Aurèle et d'un Tite (22). Puisse ce rapprochement être le premier supplice d'un despote, qu'on ne surnommera pas les *délices*, mais bien l'horreur et l'effroi du genre humain.

(a) *Qui sceptra duro sævus imperio regit*
     timet timentes.

Sénèque.

(b) P. Corneille, dans Héraclius.

Mais détournons nos regards du déplorable spectacle de la tyrannie, et portons-les sur le tableau consolant de la vertu de nos Rois. Là du moins, l'imagination peut se reposer avec délices; la pensée n'a point à craindre d'être souillée par le despotisme et la barbarie. Aux horreurs de la guerre, vont succéder les charmes da la paix. La concorde des nations va remplacer leurs longues querelles; et à la politique insensée d'un despote, va succéder la politique de la justice et de la raison, la seule qui puisse assurer la félicité des peuples. Le machiavélisme sera remplacé par la modération et par l'équité; le commerce franchira les bornes trop long-temps opposées à l'industrie; et les mers, rendues à la liberté, verront voguer sur leurs flots désormais pacifiques, les pavillons libres de toutes les nations amies.

FIN.

NOTES.

(1) Telle est, dit Voltaire, la misérable faiblesse des hommes, qu'ils regardent avec admiration ceux qui ont fait du mal d'une manière brillante, et qu'ils parleront souvent plus volontiers du destructeur d'un empire que de celui qui l'a fondé. *Disc. sur l'hist. de Ch. XII.*

—La reconnaissance, a dit Helvétius, a toujours élevé des temples moins somptueux aux dieux bienfaisans qui portent la corne d'abondance, que la crainte n'en a consacré aux dieux cruels et colossaux qui, portés sur les ouragans et les tempétes, et couverts d'un vête-ment d'éclairs, sont peints la foudre à la main. *De l'Esprit, liv. 3, chap. II.*

—Point de récompense assignée pour ceux qui savent conserver l'humaine espèce ; les honneurs, richesses, dignités, triomphes, sont décernés à ceux qui la sa-vent affliger, troubler, détruire. Les deux plus grands hommes, Alexandre et César, ont défait chacun plus d'un million d'hommes, et n'en ont pas laissé après eux. Autrefois on voyait des carnages publics d'hom-mes, pour le seul amusement des autres.

Analyse raisonnée de la sagesse de Charron.

(2) Je m'explique. Rien n'est plus vrai que la remarque de ceux qui ont dit que l'infamie est l'objet de l'ambition de quelques personnes. Il y a des gens, dit Bayle, qui ne cherchent qu'à se distin-guer par les excès de leurs débauches et de leurs

crimes; et il y a des choses qu'ils ne feraient pas si elles n'étaient extraordinairement odieuses, s'imaginant que leur vanité ne serait pas satisfaite s'il n'y avait quelque chose de superlatif et d'éminent dans leur mauvaise réputation. Messaline en est un exemple : *nomen matrimonii concupivit*, dit Tacite, *ob magnitudinem infamiœ cujus apud prodigos novissima voluptas est.* Ann. XI., *V.* sur ce sujet Senèque, Ep. 122.

(3) Je ne suis pas tout à fait de l'avis de Charron, lorsqu'il dit : « Par peuple, nous entendons la lie « populaire, gens, sous quelque couvert que ce soit, « de basse, servile et mécanique condition. C'est une « bête étrange à plusieurs têtes, inconstante, varia-« ble; elle approuve et rejette dans un instant..... » La suite du portrait est trop au désavantage du peuple, je n'ose le continuer ici.

Palingénius, Sénèque et Saluste n'avaient pas du peuple une meilleure opinion que Charron; et Naudé va plus loin encore que ce dernier. *V.* ses Coups d'état, p. 171.

(4) Le passage suivant, tiré de Charron, me paraît frappant : « L'homme désire naturellement savoir la vérité; et quand elle se présente, son éclat l'attère, il ne peut supporter sa lumière, il va même jusqu'à s'en offenser ».

(5) Tous les commencemens de règne sont sujets à quelque orage. C'est alors que tous les mécontens se remuent et veulent faire acheter leur obéissance. Mais la fermeté du Prince, en arrêtant les désordres, ne laisse aux factieux que la honte et les remords; et c'est

alors, surtout, que le Prince doit se mettre au-dessus de ces bruits populaires, répandus par la rebellion ou la sottise, et accrédités par l'ignorance, l'irréflexion ou la faiblesse. *Non ex rumore statuendum*, dit Tacite, (ann. 3), et c'est une belle louange que celle qu'il donne à Tibere : *Tiberium spernendis rumoribus validum.* En général, c'est le propre des Rois de faire du bien, et du peuple de les calomnier.

(6) Ce retour à l'ordre confirme cette vérité, qu'un Etat a beau changer de gouvernement, tôt ou tard il retourne à celui qu'il a eu dans son origine. Le premier gouvernement, dit Amelot (*réflex. sur Tacite*) est au corps politique ce que l'air natal est au corps humain.

— C'est ici, ce me semble, le lieu de répondre à ceux qui ne voient qu'une chimère dans la monarchie héréditaire. On n'a que trop embrouillé la question. Le raisonnement le plus simple suffira pour l'éclaircir :

1°. Tout gouvernement est légitime lorsqu'il est régi par les lois (J.-J. Rousseau). Salluste, en parlant du gouvernement des premiers Rois de Rome, dit positivement que c'était un gouvernement légitime avec un titre royal : *Imperium legitimum nomen imperii regium habebant.* Il est certain qu'un gouvernement qui se met au-dessus des lois n'est bientôt plus qu'un gouvernement despotique, et c'est ainsi que s'est préparée la chute du dernier gouvernement.

2.° « Le grand vice de l'autorité des Césars, vient

(40)

« de ce qu'elle n'était pas héréditaire. L'adoption y
« corrompait tout, l'élection y troublait tout, et ce sont
« précisément les inconvéniens auxquels s'oppose le
« plus directement le système que nous voulons intro-
« duire aujourd'hui. En persistant dans un système à
« peu près semblable à celui de Rome, la Pologne
« a été détruite; en adoptant à peu près la nôtre, la
« Russie a fait un grand pas vers sa conservation ».

Discours de CARION-NISAS *sur le gouvernement*
héréditaire.

« Le principal avantage du système héréditaire,
« est de mettre plus de suite dans les projets, plus
« d'unité dans les vues, plus d'accord dans les détails,
« plus de force dans l'ensemble de toute la partie
« exécutive, en y portant l'attention, la surveil-
« lance et le soin d'une propriété personnelle ».

Opinion de LEGALLOIS *sur le même sujet.*

Je me borne à ces citations, et je renvoie ceux
qu'elles ne satisferaient pas encore à tous les discours
prononcés dans le tribunat, lorsqu'il fut question de
donner le titre d'empereur à *Napoléon Buonaparte*,
et de déclarer la dignité impériale, héréditaire dans
sa famille. Sans doute les orateurs ne s'attendaient
pas, en émettant une opinion juste en elle, (opinion
conforme d'ailleurs à celle des Bodin, des Mably, et
de tant d'autres politiques célèbres), et dans laquelle
on ne peut reprendre que le motif qui l'a dictée,
qu'on les invoquerait un jour pour la plus belle et
la plus noble des causes; et c'est bien ici le lieu
de dire avec Amelot, qu'il y a des hommes dont
la mémoire serait digne d'une gloire immortelle,

s'ils avaient fait pour la défense d'une bonne cause, ce qu'ils ont fait pour en soutenir une mauvaise.

J'ajouterai seulement à tout ce qui précède que cette antique maxime de la monarchie française : *le roi est mort, vive le roi*, offre au peuple un gage toujours certain du bonheur et du repos qu'il ne peut trouver dans un gouvernement électif. Il est bien entendu toutefois, et l'on ne saurait trop répéter que quel que soit le gouvernement établi, il ne tient jamais sa force que du respect pour les lois, et qu'il n'y a plus de gouvernement, là où l'empire des lois est méconnu. L'expérience l'a suffisamment prouvé parmi nous, et tous les raisonnemens se taisent devant cette grande leçon des peuples et des rois.

Selon Platon, la monarchie est la pire et la meilleure forme de gouvernement; la pire, si elle est indépendante des lois, et la meilleure si elle les suit.

(7) L'entrée au despotisme est facile. Le peuple prévoit rarement les maux que lui prépare une tyrannie affermie. S'il l'aperçoit enfin, c'est au moment qu'accablé sous le joug, enchaîné de toutes parts, et dans l'impuissance de se défendre, il n'attend plus qu'en tremblant le supplice auquel on veut le condamner. — Enhardis par la faiblesse des peuples, les princes se font despotes; ils ne savent pas qu'ils suspendent eux-mêmes sur leurs têtes le glaive qui doit les frapper; que pour abroger toute loi et réduire tout au pouvoir arbitraire, il faut perpétuellement avoir recours à la force, et souvent employer le glaive du soldat. Or, l'usage habituel de pareils moyens, ou

révolte les citoyens, ou les excite à la vengeance , *
ou les accoutume insensiblement à ne reconnaître
d'autre justice que la force.

Helvétius, de l'Esprit, disc. 3 , ch. 17.

—On connaît la maxime *oderint dum metuant.*
Malheur au prince qui la suit.

—« Lorsque le souverain pouvoir, dit Gordon, est
« acquis et exercé par la force, c'est une tyrannie,
« et un heureux succès n'est pas une preuve qu'on n'y
« ait aucun droit ». Cette remarque le conduit à
parler de l'usurpation et de la tyrannie de César. Tout
ce qu'il dit à ce sujet semble avoir été écrit pour le
tyran de la France. Un seul passage suffira pour
prouver le parallèle : « Quelle ressource restait aux
« romains gémissans dans les fers de l'oppresseur et son
« épée à leur gorge ? Il ne restait plus de lois et de
« tribunaux; le tyran était leur maître, et sa volonté
« tenait lieu de loi. Il avait fait périr par le fer une
« moitié des nations : cela lui donnait-il le droit de
« gouverner l'autre moitié ? Il n'y avait point de force
« publique qu'on pût lui opposer; il avait détruit la
« plupart des armées de l'état, et s'était approprié ce
« qui en restait pour s'emparer de l'état. Il aurait fallu
» être insensé pour l'appeler devant les tribunaux; il
« ne restait enfin d'autre moyen d'abolir la tyrannie
« que de faire mourir le tyran ». *V. Gordon, disc. sur
Tacite, tom.* 1 , *pag.* 114, *et les lettres de Caton, du
même auteur, vol.* 2.

—La puissance, dit Solon, qui s'exprime par la modération, conserve tout; celle qui traite les hommes

---

* *Patientia læsa fit furor.*

en esclaves, leur arrache l'obéissance , et arme contre elle la fierté des sujets indociles et impatiens au joug.

(8) Jamais personne n'a voulu dominer qu'il ne se soit servi du prétexte de la liberté. Le peuple, dit Amelot, y a été trompé cent mille fois et y sera trompé cent mille autres, avant que de se désabuser. Car il ajoute foi aux paroles plus qu'aux actions, et il ne juge du bien et du mal que par les fausses idées que lui en donnent ceux qui ne lui parlent de liberté que pour le rendre plus docile à se laisser mener à la servitude. *Quia apud eum verba plurimum valent, bona que ac mala non suâ naturâ sed vocibus seditiosorum æstimantur, libertas et speciosa nomina pretexuntur.* TACITE, *hist.* 4.

—Ceux qui ont opprimé la liberté des républiques ont presque toujours commencé par la défendre; car le peuple s'accoutume insensiblement à obéir à celui qui sait le tromper sous le titre spécieux de défenseur. AMELOT.

(9) Thémiste, chargé, de la part du sénat, de haranguer Jovien à son avénement au trône, tint à-peu-près ce discours à cet Empereur : » Souvenez-vous que si « les gens de guerre vous ont élevé à l'empire, les phi- « losophes vous apprendront à le gouverner. Les pre- « miers vous ont donné la pourpre des Césars , les « seconds vous apprendront à la porter dignement. » *V. l'Histoire critique de la philosopie, par M. Deslandes.*

—Lorsque Trajan fut élevé à l'empire, il dit au préfet du prétoire en lui faisant, selon l'usage, pré-

sent d'une épée : « Recevez de moi cette épée, et
« servez-vous en sous mon règne, ou pour défendre
« en moi un Prince juste, ou pour punir en moi un
« tyran ».

(10) C'est une chose bien digne de remarque, que
les Princes et les grands sont souvent punis dans les
lieux mêmes où ils ont commis quelque grande injustice. Messaline fut tuée dans les mêmes jardins où
était mort Valerius Asiaticus, qu'elle avait si injus-
tement opprimé. Buonaparté apprit qu'il est un terme
à toutes les grandeurs humaines, dans le même palais
où il avait outragé la religion dans la personne de son
chef.

(11) Sous le rapport de la politique, rien n'est plus
insensé de la part d'un prince que de se mettre en
opposition ouverte avec la religion de l'état. » Chaque
« nation a sa religion, dit Pasquier, auquel cas la
« religion fait part et portion de l'état. Et de là vient
« qu'il n'y a jamais de remuement de religion, qu'il
« ne laisse craindre aussi quelque remuement de l'é-
« tat ». Que d'exemples viennent à l'appui de cette
vérité!.... *V. sur ce sujet le Testament politique de
Colbert, chap.* 7.
Je suis loin de confondre le respect que l'on doit à
la religion avec le fanatisme religieux ; et je n'oublie
pas que ce fut la religion qui servit de prétexte au massacre de la St.-Barthélemy, à la révocation de l'édit
de Nantes, et aux persécutions absurdes de la *sainte*
Inquisition : ce qui ne prouve que trop la vérité de ce

mot de Lucrèce : *tantum religio potuit suadere malo-rum*. Ainsi donc, si le prince ne doit pas se mettre au-dessus de la religion, il ne doit pas non plus tomber dans un excès contraire ; car il arriverait souvent qu'avec les intentions les plus pures , il ne saurait point tenir les rênes du Gouvernement, et ne pourrait conséquem-ment faire le bonheur de son peuple.

Quant aux guerres de religion , l'on sait qu'elles ont été toujours les plus dangereuses et les plus opiniâtres. Tous les siècles conserveront le souvenir du fameux siége de la Rochelle, où toutes les fureurs d'un zèle aveugle éclatèrent, tant de la part des catholiques qui assiégèrent la ville, que de celle des protestans qui la défendirent. *V. l'Hist. du duc de Rohan , et celle du ministère du cardinal de Richelieu.*

(12) Le lecteur verra sans doute avec quelque in-térêt, que tous les écrivains, tant les orateurs que les historiens et les poètes, n'ont qu'une façon de penser sur le chapitre de l'ambition.

Quand une fois, dit **P. Mathieu**, on s'est livré aux fureurs de cette malheureuse passion , on ne voit rien de trop haut, on ne trouve rien de trop difficile ; ce qu'elle estimait grand en le désirant, lui semble petit quand il est en sa puissance. *Hist. de Louis XI, liv. 3.*

L'on voit dans Lucrèce, que celui qui s'occupe per-pétuellement des moyens de satisfaire son ambition, qui jouit de toutes les faveurs de la fortune , et qui , cependant, ne peut contenter son insatiabilité, res-semble à ces filles d'une brillante jeunesse, occupées sans cesse à verser de l'eau dans un vase percé.

Juvénal s'écrie :

. . . . Quantò felicior hic qui
Nil cuperet, quàm qui totum sibi posceret orbem
Passurus gestis æquanda pericula rebus. (Sat. 14.)

Rien, dit madame Deshoulières,

Rien d'un ambitieux ne rebute le cœur ;
Son repos et ses amis mêmes
Sont des biens qu'il immole aux soins de sa grandeur.

Crébillon, dans le triumvirat, a tracé ainsi le portrait
de l'ambitieux :

. . . . Les cœurs remplis d'ambition
Sont sans foi, sans honneur et sans affection.
Occupés seulement de l'objet qui les guide,
Ils n'ont de l'amitié que le masque perfide ;
Prodigues de sermens, avares des effets,
Le poison est caché , même sous leurs bienfaits.
La gloire d'un grand homme est pour eux un supplice,
Et pour lui tôt ou tard devient un précipice.

Et Piron n'a-t-il pas dit, avec beaucoup de raison et
de vérité, que

A vouloir trop voler de victoire en victoire,
Plus d'un ambitieux diminua sa gloire.

(13) Je veux bien supposer toutefois, qu'on ne placera
pas la gloire des lettres, au commencement du 19.ᵉ siècle, au-dessus de celle du beau siècle de Louis XIV.

(14) J'en appelle à toutes les familles sur lesquelles
le despotisme a promené la désolation et la mort. Quel
bien ont produit toutes ces victoires, sur lesquelles nous

gémissons depuis tant d'années ? Et comment peut-on donner le nom de victoires à des batailles où l'on sacrifie des générations tout entières ? Pyrrhus, après avoir gagné deux batailles contre les romains, avait bien raison de dire qu'il était perdu s'il en gagnait une troisième.

—Les maux de la guerre sont représentés d'une manière bien propre à en inspirer l'horreur, dans les aventures de Télémaque. Je me borne au passage suivant :

« Pour satisfaire la gloire et la vanité d'un conqué-
« rant, il faut que tout périsse, que tout nage dans
« le sang, que tout soit détruit par les flammes, que
« tout ce qui échappe au fer et au feu ne puisse échap-
« per à la faim, encore plus cruelle ; enfin, qu'un seul
« homme se joue de la nature humaine, et entraîne
« tout dans une désolation générale, pour son plaisir
« et pour sa gloire. Quelle gloire monstrueuse ! peut-
« on trop abhorrer et mépriser des hommes qui ont
« tellement oublié l'humanité ! Non, non, bien loin
« d'être des demi-dieux, ce ne sont pas même des
« hommes. Ils doivent être même en exécration dans
« tous les siècles dont ils ont cru être admirés. Ah !
« que les rois doivent bien prendre garde aux guerres
« qu'ils entreprennent ! elles doivent être justes ; ce
« n'est pas assez, il faut qu'elles soient nécessaires ».

(15) Plus un Prince est mal-avisé et méchant, plus on lui donne d'encens. C'est le plus sûr moyen de s'insinuer dans les bonnes grâces d'un tyran, que de consacrer toutes ses injustices. *Gordon, disc. sur Tacite.*

—Les courtisans ont si bien *machiavélisé* les Princes,

que ceux - ci ne se soucient presque plus d'être
aimés de leurs sujets, pourvu qu'ils en soient craints.

Amelot, *notes sur Tacite.*

—On a tant écrit contre la bassesse des courtisans, que
je ne pourrais rien dire sur ce sujet qu'on n'ait dit avant
moi. Je me borne à désirer, avec tous les gens de
bien, que l'on n'ait plus désormais à leur adresser des
reproches qu'on ne leur a, jusqu'à ce jour, faits qu'a-
vec trop de justice.

(16) Les hommes de bien qui périssent sous le règne d'un tyran, emportent avec eux cette consolation,
que la cause de leur mort est attribuée à la haine qu'ils
ont eue pour la tyrannie; ce qui les rend, dit Amelot, recommandables à la postérité.

Et d'ailleurs, un bon citoyen se tient plus heureux
de mourir que d'être le spectateur des maux de sa patrie. Tacite applaudit au bonheur d'Agricola, de ne
point avoir vu les dernières années du règne de Do-
mitien, le sénat assiégé, les consulaires massacrés, les
dames romaines proscrites et fugitives, et les délateurs
triomphans de la patience publique.

—Les tyrans, nés cruels et inquiets, dit Charron,
redoutent les gens de bien, et aiment les méchans
qui les égorgent par reconnaissance.

(17) Nous savons assez par nous-mêmes à quoi les
conquêtes peuvent conduire les états. « Lorsque les
« romains passèrent les bornes que la nature leur avait
« données, les Parthes les firent presque toujours pé-
« rir; quand les Parthes osèrent les passer, ils furent
« d'abord obligés de revenir; et de nos jours les turcs,

« qui ont avancé au - delà de ces limites, ont été
« contraints d'y rentrer. » *Montesquieu, Causes de la
grandeur et de la décadence des Romains.*

Il y a de certaines bornes que la nature a données aux états pour mortifier l'ambition des hommes. *Id., ibid.*

— Je n'entreprendrai point de parler de l'esprit de
conquête et de ses suites. Cette matière a été traitée
avec beaucoup de logique et de force, par un écrivain
anglais (Th. Gordon, *discours sur Tacite*); et parmi
nous, il me paraîtrait difficile de rien ajouter aux déve-
loppemens dans lesquels est entré l'un de nos écrivains les plus distingués. — *V.* l'ouvrage de M. Ben-
jamin-de-Constant, intitulé : *de l'Esprit de conquête
et de l'Usurpation. — V.* aussi sur ce sujet, le liv. 7,
chap. 11 de la *polit. d'Aristote.*

Barbeyrac, dans ses notes sur Grotius, condamne,
sans appel, les conquêtes rapides d'Alexandre; et l'on
voit dans Plutarque (apophtegm. lacon.), qu'Agésilas
mettait la justice au-dessus de la valeur, et surtout
de la gloire de faire des conquêtes; car quelqu'un
appelant un jour le roi de Perse *le grand roi :* « Com-
« ment, dit Agésilas, serait-il plus grand que moi,
« s'il n'est plus juste et plus sage ».

(18) L'historien grec Agathias raconte que chez les
Francs, nos ancêtres, quand il y avait division entre les
Princes, de part et d'autre on armait, on se rangeait en
bataille, non pour se battre, mais pour contraindre
ces Princes de vuider leurs querelles à l'amiable; sinon,
on les forçait à descendre dans l'arène. Ce moyen, ap-

*

plicable à tous les temps et à tous les lieux, préviendrait ou terminerait toutes les guerres sans effusion de sang. Mais où trouver des peuples assez sages pour employer ?

Agathias , in-fol., Paris , 1670, p. 13. — De la constitut. franç. de 1814, par M. Grégoire.

(19) Le pape et les vénitiens avaient été les médiateurs de la paix; Fabio Chigi (depuis Alexandre VII) pour le pape, et Contarini pour les vénitiens. « Ces « traités , dit le président Hénaut , sont regardés « comme le code politique d'une partie de l'Eu-« rope , et ont été depuis le fondement de tous ceux « qui ont été faits entre les mêmes puissances. » *Abr. chr. de l'Histoire de France , ann.* 1648.

(20) A-t-on oublié qu'une paire de gants tombée , une fenêtre de travers, ont occasionné des guerres qu'on ne manquait pas de couvrir du voile de l'intérêt public? Que de fois des caprices de ministres ou de prostituées en crédit, ont ensanglanté la terre! Depuis huit siècles, cinq ou six guerres seulement ont été entreprises pour l'avantage des peuples. *De la Constit. franç. de* 1814, *par M. Grégoire.*

(21) Il y a des gens d'un naturel si corrompu qu'ils aiment mieux éterniser leur nom par des actions détestables, que de mener une vie obscure et dont on ne parle jamais après eux. Plus l'infamie est grande, dit Tacite, plus elle a de charmes pour les grands scélérats. Tel était cet Erostrate qui mit le feu à l'une des sept merveilles du monde, uniquement pour faire

parler de lui. Tel était encore ce Cabrino Fonduli,
seigneur de Crémone, qui, allant au supplice, dit à
son confesseur et même aux assistans, qu'il ne se re-
pentait de rien davantage que d'avoir manqué une
fois une belle occasion, qui était de précipiter, de la
tour du château, le pape Jean XXIII et l'empereur
Sigismond qui y étaient montés seuls avec lui. Il y
avait là, en effet, de quoi éterniser son nom. *Paul
Jove, dans l'Eloge de Philippe Marie, duc de Milan.*

—Les grands crimes, dit Tacite, se commencent avec
danger ; mais quand une fois on les a commencés, il
n'y a plus de remède qu'en les achevant. *Ann.* 11 *et* 12.
Car, dit Machiavel, on ne sort jamais d'un péril que par
un autre péril.—*Liv. 3 de son Histoire de Florence.*—
C'est dans ce sens que le duc de Guise disait au duc
de Mayenne son frère : *Vos raisons sont bonnes, mais
elles sont venues trop tard ; il est plus dangereux de
se retirer que de passer outre.*

—Les grands coupables n'ont d'autre ressource que de
tout entreprendre. — *Insontibus innoxia consilia :
flagitiis manifestis subsidium ab audacia petendum,*
Tacite, ann. 2. Ainsi quand la violence et la force
ont élevé quelqu'un sur le trône, la force et la violence peuvent seules l'y maintenir. Le règne ou plutôt
la tyrannie de Cromwel en Angleterre, et de Buonaparte en France, en offré deux exemples frappans.

(22) Le plus grand trésor des Princes est l'amour
de leurs sujets. C'était la maxime de Philippe de Valois
qui, au rapport de Choisy son historien, aimait mieux
être le Roi des Français que de la France. C'est par

une conduite sage, sans cesser d'être ferme, et par une attention continuelle aux soins du gouvernement, que les Princes se font aimer de leurs peuples ; et c'est par-là que Henri IV fit les délices de la France, et que le nom de ce bon Roi sera éternellement gravé dans le cœur de tous les Français.

On peut citer ici les vers suivans de Voltaire :

> Le conquérant est craint, le sage est estimé ;
> Mais le bienfaisant charme, et lui seul est aimé.
> Jérusalem conquise et ses murs abattus
> N'ont point éternisé le grand nom de Titus :
> Connu par ses bienfaits, sa bonté fait sa gloire.

ÉPÎTRE au roi de Prusse.

FIN DES NOTES.

DE L'IMPRIMERIE DE LEFEBVRE, RUE DE BOURBON,
N°. 11, F. S.-G.